Keijiro
Suga

一週間、その他の小さな旅

一週間、
その他の小さな旅

管啓次郎
Keijiro Suga

コトニ社

目次

朗読劇『銀河鉄道の夜』制作チームの仲間たちに
その過去・現在・未来すべての乗客のみなさんに

一週間、その他の小さな旅

Keijiro Suga

一週間

月曜日　たくさん月が昇る
見上げる人の数だけ　にぎやかな夜空
火曜日　みんなで焚き火をたこう
冷たい手やおしりを　よくあたためて
水曜日　空に水があふれ
雪やみぞれになって美しくふってくる
木曜日　樹木がよく育つ日
ほらね　一日で正確に1センチ伸びた
金曜日だからってお金は落ちてないよ
真鍮の楽器でスイングしよう

*

土曜日は大切　必ず土にふれて
生命の成り立ちを考えてみること
日曜日　太陽を追うのがいいね
山や海岸を歩いて　夕方まですごすんだ
一週間は　黙って通り過ぎる
一週間は　夢みたいに伸び縮み
一週間は　思い出のように広大で
一週間は　かもめの歌にも似ている
一週間は　自由な馬の群れ
一週間は　七つの森をもつ
一週間はいつも　きみを待っている

To the Open Ground（ひらけた土地へ）

何ももたずに出発した
本は必要なページだけ破りとっていった
なだらかに波打つ荒野から
ひとつの稜線を越えるたび
風景ががらりと変わる
岩とサボテンの高原の彼方に
雪が降りしきるデルタ地帯がひろがる
ヒマラヤシーダーの森のむこうに
緑の海のような草原がある
それから赤土の道路に出た

「海岸はどっち?」とぼくはディンゴに訊いた
「あの遠い岩山が見えるだろう?　あのもっと先だよ」
ぼくが歩きだすとディンゴがついてきた
「私も一緒に行くわ、何があるか見たいから」
赤土のディンゴの影に白黒の体が生じて
二匹になったかれらがついてくる
これから遠くまでゆくのだ
十年前、ミニチュアの太陽が爆発した海岸まで
十年の時を経た、からっぽの土地まで
歩いてゆこう
To the open ground
何もない
すべてを覚えている
ひらけた土地へ

千年川

百人の子供が死んで
ちょうど十年死んでいる
合計すれば千年の
成長がこの世では失われた
川を流れていった
空は青い
山は別の青さ
でも本当は
失われたものは何もない
千年が今に注ぎ込まれ

土地を美しくする
辛夷が咲いた
もうじき燕が来る
川はゆたかに流れて
空は春の青
みんな大きくなったね

Water Schools（水の小学校）

1

しずけさが海からやってくる
音がしない午後だ
私たちが屋上にかけあがると
周囲はすべて水
灰色の空が下りてきて
髪や頬を撫でた
たしかに見たのは鳥たち
からす、かもめ、鳩、白鳥が
とまどったように、でも騒ぐことはせず

空をゆったりと旋回している
下を見ると冷たい春の海の中に
無音の風景がひろがっていた
松林あります、町あります
青緑の光の中を小さな船がすすむ
私たちは手をつなぎ体を寄せ合って
今夜歌うための歌をみんなで考える

2

コンクリートの壁にともだちが住んでいた
いろいろな民族衣装を着ている
みんなでっかい笑顔
ヒジャーブをかぶった女の子
タータンチェックの男の子
キモノを着た私たちが

パンダと手をつないでいる
空から光がさして
平面の子はアニメーションになる
遊ぼうよ、出ておいで
ひどい波だったね、もうだいじょうぶ
ぼくらがひっぱりだすとみんな出てくる
そのあとにつづくのは忘れられた子供たち
平面から出ておいで、記憶から出ておいで
だってあの日はそこにはない
空にある

3

山に人の子がいなくなって
小学校には河童がくるようになった
狸とうさぎと鹿といのししと

河童の学校だ
では授業をします
文字の代わりに◯や△を描き
不思議なものを見たように笑う
ピアノには音が出ないキーがあって
弾いてみるとキノコ狩りのように楽しい
暑い夏には川まで下りて
水浴びしてはまた教室に戻る
ニンゲンはこのあたりに数百年住んだけれど
もう来ない、もういらない
これからは山の自主管理でやっていきます
獣と人の歴史をつなぐのは河童の役目
山川草木鳥獣虫魚のニッポンめざして

*

三島／長泉詩片

熔岩

熔岩は熔岩から生まれて
土地を流れてゆく、土地を作ってゆく
夜空を焦がすくらい赤熱した流れが
冷えてゆく、黒く固まってゆく
みずみずしい熔岩平原だ
鉄の匂いのする新しい土地だ
さあ、ここに住んでよ、と
そびえ立つ山が呼びかけている
星空のもと黒々とひろがる平原には

＊

光が埋もれている、火が埋もれている
草よ来い、鳥よ来い
森よ来い、獣よ来い
熔岩は無言でひろがって
生命を底から支えてくれる
夏には激しい雷雨があった
冬には灼けるような雪が降るでしょう

天水

熔岩に熔岩が重なって
黒い波の地面になった
なだらかな曲線だ
遠くから見るならね
東の山が歌えば西の山が笑う
ここは宇宙を吸いこむ巨大な凹レンズ

これを水の容れ物にしたらどうかと水が考えた
水は熔岩平原を遊び場にした
地表をめざして落ちてきたら
そのまま熔岩に浸みこんで
無数の穴をうがちながら流れてゆく
地下の水は不思議な連続体
ダイアモンドのように透明で
鉄よりもずっと鋭い
海にむかいつつ時々顔を出す
水底に出れば砂が踊る

神鹿

神の庭に鹿が群れている
神の鹿はニンゲンの神を知らない
ふすまのせんべいをもって近づくと

*

群れが波となって押し寄せてきた
ひとつあげるから
お祈りの言葉を教えてよ
ふたつあげるから
世界の秘密を教えてよ
みっつあげるから
太陽がいつ終わるのか教えてよ
鹿たちは答えずふすまのせんべいを噛る
かれらはあるとき奈良を出て
ここまではるばる旅をしてきた
東海道をずっと歩いてきたのか
一万頭の鹿が一列になって
夜明けの右端を、お行儀よく?

うなぎ

日本列島はうなぎの王国
地形を見ればわかる
山が雲をあつめ雨がふり
激しい流れが岩を砕き
やがて扇状地から平野へ海へ
平野の半分は湿原で
うなぎにとって最高のすみかだ
北でも南でも最高のごちそうはうなぎ
背を裂かれ腹を裂かれ
身を焼かれても泳いでいる
人間に食べられて
人間の中を泳いでゆく
忘れないよ川を海を
湿原のきれいな夕方を

*

桜川を泳いだうなぎが
今日も人間に乗って天にゆく

孝行犬

犬たちは圓明寺に住んでいる
本堂の下にもぐりこんで
木魚に合わせて吠えている
でも修行より大事なのは暮らし
子犬たちは今日も
万延元年の寺から町に出ていきます
お母さん犬が病気なので
子犬たちが食べ物を探すんだ
生きることに休止符はなくて
昨日と明日をつなぐのは
あてにならない吊り橋

ほら、おかあさん、かまぼこを見つけたよ
はい、おかあさん、お芋のきれはしよ
親孝行な子犬たちが寺に帰ってくる
気のいい猫が僧侶をまねて
むにゃむにゃとお経をあげている

梅花藻

噴水が小さな白い花を
おびただしく咲かせている
あざやかな緑の藻の水面に
太陽のしずくがばらまかれ
白に縁取られた黄色い顔が
安定した水音の中で笑っている
夏つめたく
冬あたたかい

*

熔岩に磨かれた
そんな水に育てられて
一年中咲いているのが三島の梅花藻
小さな魚たちを住まわせ
昆虫たちを宿らせ
水の中を明るいジャングルにする
瞑想好きのジャガーが
花の顔をしてこちらを見上げている

水遊び

鮎壷は藍壷
跳びこんで遊ぼう
こんな高さ、へっちゃらさ
ぼくらは滝を制覇する
魚たちが逃げてゆく

石が石の卵を生む
体が青に染まりそうな夏
ひと夏を一日みたいに遊ぶんだ
それから柿田川の一角の
あの青い壺に行った
跳びこんで遊ぼう
時間にむかって
ぼくらは重力を脱いでゆく
ここでも水底で
砂が魚のように踊っている
ふしぎな音楽が聞こえる

文字散歩

白滝は時間の循環装置
水に切れ目はなくやり直しはきかない

文字はそれぞれ文字盤を欠いた時計
時の流れを刻み切り分けてゆく
ぼくらは文字を追って川沿いを歩いた
「霧しぐれ富士を見ぬ日ぞ面白き」
はせを翁さすがに素直じゃないね
今日は快晴だが富士は建物に隠れて見えない
「どの橋からも秋の不二」（正岡子規）
早死にした子規の紀行文は「旅の旅の旅」
そのタイトルに胸をつかれる
ところで湧水とは天然のユーモアです
「三島の人は台所に坐ったままで
清潔なお洗濯ができるのでした」（太宰治）
こうして過ぎ去った文字の思い出を履いて
今日は春の三島を水のように歩く

光の森

野菜と火と水はどんな関係にある?
自分の心と議論しながら歩いた
熔岩と火山灰がいつしか土になり
みずみずしい作物を育てるらしい
ゆたかな伏流水をがぶがぶ飲み
やわらかい日光を心ゆくまで浴びて
この土地は植物にやさしい
光と水と心はどんな関係にある?
無言で考えつつ歩いた
すると生成り《エクリュ》のイメージの森に迷いこんで
紙に焼き付けられた光をふるえながら見ている
雪景色の湖にさざなみが立って
心の芯をなぐさめてくれる
心に青い草が芽吹くようだ

いったい何がもたらされるというのか
光の窓に隔てられた冬山の森から

龍の鱗

龍のうろこを見に行こうよ
流れに沿って山を登れ
杉林がどんどん深くなるところに
水を祀る神社がある
穴が開いた岩に苔がむして
それは緑色をした時の繭
ずばり断ち切られた岩壁のそばに
ちょうどよい高さの滝がある
白装束の人々が打たれて修行している
さらに上がると水のない川に
大きな石がごろごろ

かたわらにひろがるのは岩の鱗
これならどんな剣も寄せ付けないね
石化して現実から自分を守っている
見えない流れの龍、無敵の水の神
この土地をそっくり空へとむすぶ

彫刻の庭

あの灰色の男はぼくの親友だ
スーツを着て海岸に立ちつくす
緑色の海の上に淡い青空がひろがって
彼はずっと無言で水平線を見ている
ぼくは彼のうしろ姿を見ている
一緒に石の森を歩こうか
石ほど時間に近いものはない
石彫ほど時間に迫るものはない

鉱物をときほぐし羊毛のように使って
あたたかいかたちを編む人もいる
彼女が時に住むことを教えてくれた
それから人目を避け半地下の部屋に
隠れた恋人たちを見つけた
黒い肌をしたきみたちはそこでやすらぐ
外では冬を避ける小鳥たちが集い
生命の見えない杼をせっせと動かしている

やすし
旭川で生まれた
アイヌモシリの春は覚えていない
父は軍医、朝鮮半島に転勤したので
赤ん坊は湯ヶ島で祖母（？）に育てられた
彼女の訛りが母語

浜松で中学にゆき、沼津に転校した
静岡県の太陽海岸ばかりだね
でも高校は四高、金沢の柔道部
北の海を見て何を考えたのか
詩を書きはじめた
詩ははじまると一生つづく
九州帝大英文科から京都帝大哲学科へ
毎日新聞大阪本社に就職した年
日中戦争に応召し大陸にわたった
やすし、きみはそこで何を見た、何を思った？
やすし、きみの詩はそれからどこに行った？

＊

東京詩片

駿河台

この坂はギターの森
音を鳴らそうと待ちかまえる
よく磨かれたボディたちは
どんな遠くから旅してここに集うのか
きみは北米のメイプル
きみは中米のマホガニー
きみはハワイのコア
きみはマダガスカルのローズウッド
木々がとどめる記憶が

*

音の環となってはじけ飛ぶ
覚えていることを話してみてよ
獣や鳥はどんなふうだった
樹冠に住む昆虫たちは
星の光に反応したの
倒れて湖底にねむっているあいだ
きみはどんな夢を見ていたの

渋谷

黄色い地下鉄が空につきささると
忙しい谷間がひろがった
天体観測の練習とか
銀幕のゴーストたちのためによくここに来た
谷底を流れるのは虹を生む小川
右へ左へ何度でも流れをわたって

魂のような蛍を集めて遊んだ
片耳の折れたおとなしい大館犬が
どこまでもついてくる
VIA PARCOというがここでイタリア人を見たことはないな
香港人のチャーリーがぼくのともだち
一緒に坂をあがって区役所に行けば
巨大な魔物のようなボーイ・ジョージが
うたいながら踊っている
その先の草原では
見えない兵士たちが互いを敵として戦っている

駒場

「本を読むと決めたのだから」と友人がいって
彼は授業に来なくなった
ぼくは考えもなくぶらぶらと

スケートボードで通学していた
馬はどこにもいない
人間ばかりでどうもつまらない
仕方なくグラウンドをぐるぐると走ってみた
走るのは自由
立ち止まるのも自由
でも自由意志なんてそもそもないのかも
革のジャケットを着たギリシャ哲学者が
アメリカの黒人女性歌手の話をしていたのが
大教室で聴いた最後の講義
「モイラ」という単語が耳に残った
ひとりで校舎の屋上に出て
ギリシャの太陽を浴びながら昼寝した

下北沢

＊

電柱に手書きの紙が貼ってあった
探し猫かと思ったら詩だったのでびっくりした
「ぼくの猫のナミなのだ」という最後の一行が
頭から離れなくなった
そのころは一日一冊本を読んで
読み終えると「幻游社」に売って別の本を買った
知識は心を流れてゆくだけ、何も残らない
それでもいろいろな考えが
少しずつ色合いを変えてゆく
「バンガロール」でカレーを食べながら
そこはどんな都会なんだろうと想像した
大柄なご主人と、若いころは
女優だったかもと思うような奥さん
老夫婦の小さな店だった
すべての店は必ず店じまいするのが商売の掟

＊

ただ思い出の夕方のような光だけが残り

青山通り

路面電車が走っていた時代は知らないな
宮益坂を上がりつつ古本屋に寄り
文字にぶつかるたび心が千々に砕けて
難破船のように逃げ込むのはダンキンドーナツ
ここで何時間もフランス語を勉強した
ヘミングウェイがいう「清潔で明るい場所」とは
ぼくにとってはドーナツ屋の
フォーミカのカウンター
想像力の訓練にはもってこいの環境だ
外は雨、快晴、雪、くもり
青山通りは光のあらゆるグラデーションで
心を励ましたり翳らせたりする

*

まだこどもの城のできる前で
未舗装の空き地は都営バスの駐車場だった
カセットテープの音楽をゲットー・ブラスターで鳴らしながら
フライングディスクのネイルディレイを練習した

吉祥寺

金曜日には吉祥寺でミカと会って
ピンボールの勝負をする
ブラックナイトは画期的なデザイン
上下二面に分かれた構成で
四つのフリッパーで球を打つんだ
ゆらしてはいけないよ
It's so sensitive, you know.
球を止め狙って打ち上げるのが
至上のテクニック

左上のポケットに球が三つたまると
特別なパーティーの始まりだ
乱舞する三つの球に
アドレナリンが全開
こうなるともう止まらない
どんどんクレジットが増えてゆく
ぼくのことは pinball wizard と呼んでくれ

ブリキのカメラ

メキシコの村を歩いていて
子供たちに取り囲まれたことがあった
ぼくのカメラを見て
撮って撮ってと口々にいうのだ
シャッターを押すと子供たちは
けらけらと笑いながら手をさしだしてくる
クォーター（アメリカの25セント硬貨）ちょうだい
1ドルちょうだい、写真撮ったんだから
もってないよ、お金は、というと
何かわからないことをいって

そのまま走り去っていった
悪い言葉で毒づかれたのかなと思ったがそれも仕方なし
観光客の運命だ
土地によっては仕組みができていて
民族衣装を着た女性がいれば
カメラをむけたときにはお金を要求される
観光客としてモデル料をわたし
撮らせてもらうのがいちばん
そんなふうにしてたくさん
あちこちの写真を撮りためてきた
だがそれらの写真をかれらは
誰も見ていない

あるとき古い写真を整理していると
メキシコの村の子供たちが甦ってきた

四、五歳くらいのかわいい笑顔
たった一度すれちがって二度と会わない
いま生きているのかどうかもわからない
そんな顔を何千と撮りためてきたことに
観光客としての罪はないのかと
ヘルツォーク先生に叱られている気がした
この子たちの名前を知らず
生活もその苦境も知らず
バードウォッチャーのように写真を撮るのか
光学的な首狩り

すると数人の子供たちの一群から
身を引いたところにぽつんといる
男の子の姿が目に入った
この子は四角い箱を顔にかまえていた

子供の顔には少し大きな
ビスケットか何かのブリキ缶だ
とたんにその場をはっきりと思い出した
もう三十年近く前のことなのに
缶のまんなかをマジックで黒く塗り
彼は巨大な一眼レフのように
ブリキのカメラをこちらにむけていたのだ
写真を撮るぼくを撮影するために
よそ者の目を呑みこむための
蛾の眼状斑のような大きな一つ目

ブリキのカメラにフィルムはない
それはどんな光も記憶していないと思うだろう
ちがう
現にぼくはその箱に吸い込まれて

それからずっとブリキの中の世界をさまよっている
それぞれのカメラをもった連中が
箱の中を右往左往している
住民を撮るのか
祭儀を撮るのか
風景を撮るのか
好きなようにすればいい
きみたちの魂はブリキのカメラに吸いとられ
きみたちが見たがっている世界をさまようだけ
その山河も地平線も
はなやかな衣装も子供たちの表情も
すべては暗い箱の中の
はかない幻燈だとしたら?

夜の道

夜の道をゆくことになった
ひとりでゆくことになった
最初は誰かの代わりだった
何かをとってくるという用事があった
何だったのか思い出せない
出かけた

夜の道は昼の道とはちがった
夜の木は昼の木とはちがった
夜の動物たちは姿を見せず

かれらの声と物音が夜の歌だった
夜の月には夜の太陽であってほしかったが
光は刃のように薄かった

切り通しを抜ける夜の道はおそろしかった
水田を抜ける夜の道はおそろしかった
神社の小さな森もおそろしかった
寺の裏手の墓場もおそろしかった
すぐに家はつきて
人間の村が終わる
ニンゲンの世界が終わる
夜の道だけがつづく

「道に迷いそうになったときには」
とどこかの子の声が教えてくれた

「目をつぶって歩くんだよ」
笑い声のように鳴きながら
夜の鳥が飛んだ

湿原にやって来た
浅い水に葦が生えて
それをわたってゆくボードウォークがある
木でしっかり組まれているのだが
ところどころに古いテレビ画面が
上向きに設置されている
白黒テレビの画面が
美しい光を放っている
映っているのは『鉄腕アトム』
アトムが胸を開けて心臓を見せている
別のテレビでは死んだぼくの犬が

一緒に来たがって鼻をならしている
ひとつひとつの白黒画面は
永遠のリプレイ
ひとつひとつの映像を一瞥しながら
夜の湿原をわたっている

用事は何でしたか
どこをめざしているのですか
きみは誰ですか

外に出たフィルム

ジョナス・メカスの肖像を写した
一枚のフィルムをもって
剛造さんは隅田川沿いを歩いている
水がきらめいている
ずっとカメラの中にあったフィルムが
外に出た、そういう時代だ
フィルムは外に出ることで
世界にさし挟まれる
すると時間が折りたたまれて
過去の翼の断面が露出したようだ

よい映画を見終えると
目と耳が麻痺したようになって
終わってもそこが元の世界だとは信じられない
目がぼんやりと別のものを見ている
耳がわんわんと鳴って
聞こえないはずの声がついてくる
自分の中にいろいろなものが呼び込まれて
「自分」という分け前が崩壊する
これからは世界になろう
群れとして生きていこう

剛造さんはいっていた
「メカスは亡くなったのに
もっている波動は未来から

私たちに押し寄せてくる」
「記録映像を見ていても単純に
過去と出会っているという気が
しないから」
そうだ、映像がしめす過去はいつも未来
時間が循環し
私たちは光にむかう

別のところでヨナスはこういっていた
“I have never been able, really, to figure out
where my life begins and where it ends.”
(ぼくは自分の人生がどこではじまり
どこで終わるのか
理解できたことが一度もない)
膨大な時間の映像を撮影し

まるで花を活けるように
その断片をつなげていくことだ
すると光が蝶のように踊る

どこにも行きつかなくていい
ぼくは断片によってしか
世界を見たことがない
理解したことがない
撮影はいつも偶然まかせ
偶然は振り返ってみたとき
どこか運命に似てくる
「どこにも行くところがなかった」
それはあらゆる未来が
場所としてきみを待っているということ

「風に吹かれる一本の木を
十秒間撮影してごらん
ついで風に吹かれる一本の木を
短く何度にも分けて撮影してごらん
一分間という時間が
映画の中では十秒に凝縮されるように」
そんなふうにして世界を濃縮してゆくんだ
違うものに気づくように
一万の目として光を宿した木の葉が
緑色の蝶のように一斉に飛びたつだろう

そのとき「やわらかい、違う時間」が生まれている

（井上春生監督『眩暈 Vertigo』に寄せて、
二〇二三年一月二七日、シモキタ・エキマエ・シネマK2にて）

犬と詩は

犬を飼っています
詩を飼っています
犬は散歩が好きだ
詩は散歩が好きだ
犬はどんどん進む
詩はどんどん進む
犬と詩は
犬と詩はいろいろ発見する
犬と詩は匂いを嗅ぎたがる
犬と詩は何でも舐めてみる

犬と詩はびっくりして吠えたりする
犬と詩は猫が大好きだ
犬と詩はときどき群れている
犬と詩はひとりぼっち
犬と詩はすべてに反応する
犬と詩はだいたい寝ているね
犬と詩は月夜に遠吠えする
犬と詩は粗食で雑食だ
犬と詩はみるみる健康になる
新年にはきみも詩を書いてごらん
詩はきみの犬

犬の詩四つ

ついてくる

犬がついてくる
どこまでもついてくる
きみが行くところならどこだって
山も川も越えて
森を抜け町をさまよって
よろこんでついてくる
何も求めず
文句もいわず
ついてくるのがうれしくて

きみと歩くのが楽しくて
立ち止まって匂いをかぐ
耳をすます
また歩き出してどんどん進む
行き先にこだわらない
困難にひるまない
あらゆる瞬間が発見
すべての道が冒険
犬がついてくる
いつまでもついてくる
この地上での
きみの旅を
見届けるために

*

空の犬

空にも犬が住んでいる
にぎりめしを作って空に投げてやれ
風のように犬が降りてきて
ぱくりと捉えるだろう
風の犬は敏捷だ
木立を抜け
屋根をかすめ
草原を吹きわたり
波を立てて
なんでも食べられるものを探す
元気にかけまわる空の犬のために
デュエイン・オールマンの霊がスライドギターを鳴らす
うねるような上下動でしょう
ゆったりとした、あるいは機敏な、旋回でしょう

荒々しく、でもやさしい旋律でしょう
まるで雷神の口笛のように
Skydog が音をあやつる
にぎりめしと鶏の頭を
空に投げてやれ
天の狗が笑うような
大音響で答えるだろう

耳をすまして

物置で三十年間ねむっていた
レコードプレーヤーを出してきた
おなじく三十年間ねむっていた
LPレコードも何枚か
まず聴くのはラヴィンスプーンフルとか
ジュディ・コリンズの『鯨とナイチンゲール』なんかだね

するとすぐ犬がやってくる
白い体に黒い耳をした
His Master's Voice の有名な Nipper がやってきて
グラモフォンのらっぱにむかって
首をかしげている
5センチほどの小さな体で
ぼくのテーブルの上にちょこんとすわっている
「ほら、聞かせてよ、あの昔の歌を」と
ニッパーが言葉を使わずに伝えてくるのだ
レコードを取り替えて聴かせてやると
ニッパーは満足して舌舐めずりをする
犬は餌のみにて生くるものにあらず
犬にも音楽が必要だ
というわけで5センチほどの小さな犬たちが
何十匹もやってくる

やってきてぼくのテーブルをみたし
みんなで首をかしげている
今夜のぼくはかれらのために
LPレコードをかけつづけるので精一杯だ

氷河にむかって

地平線があるから
そのむこうに行こうと思ったんだろう
生き延びるための土地を求めて
遠くまで行こうと思ったんだろう
アリューシャン列島からベーリンジア、つまり
氷河期で陸地になったベーリング海峡を超えて
どこまでもどこまでも人間たちが歩いてゆく
それでね、特に頼まれたわけじゃないが
おれたちも一緒に歩くことにしたのさ

だいたい人間の行くところには
ついてゆくことにしてたんだ
やつら火を使うから
寒い時期には便利だよ
餌も気まぐれにくれるので
何かと助かるんだよ
人間というのはレストラン＋焚き火つきのキャンプかも
おれたちにとってはね
叩かれたり蹴られたり
ときには食われることもあるけれど
全体として見ると都合がいいと思うよ
だからまた、これから
一万年の冒険だ
それでまた、これから
一万年の共生だ

*

人間たちをなつかせて

犬ときつね

水銀色の流れが空へとつづく
雪野原と夏草が一瞬ごとに入れ替わる
風が吹けば夕方だ　星が降れば朝がくる
ぼくの犬は赤犬　名前はポピー
いつも季節のむこうに幻を見ている
ともだちを探しているんだ
ほらね　やってくるのは青いきつね
宇宙のゆで卵がその贈り物
遊ぼうよポピー　泳いでもいいよ
犬ときつねが土地に歌わせる

＊

それから学校に忍びこんで
全球的地理学の勉強だ
歴史をそっくり書き換えてやれ
はー、らー、ぎゃー、てー、
ゲーテ先生の望遠鏡が
空にいる人々の笑顔を撮影する

（『コロナ時代の銀河』劇中詩）

猫の詩3つ

白猫ルチア

白猫が月夜に跳ねてきた
名前はルチア、黙ってぼくの顔を見て
それから夜空を見上げている
月を見ている
今宵仲秋、憂愁が空を染め
この世の不安が水のようにひろがる時
おそるおそるキリギリスにさわるように
ルチアは右手をひょいひょいと動かす
「帰れるものなら帰りたいわ、あの月に」

きみは月から来たの、とぼくは驚く
「何をいまさら」と白猫はいう
未来は永劫、過去はすぐにも
忘れられてそのつど月の冷たい光になる
「私の影が見えないの」とルチアがいう
これから跳ねてゆく、空をぴょんぴょん帰ってゆこう
満月に住むあの兎とひとつになるまで

虎猫トム

虎猫のトムが無心に遊んでいる
新聞屋の前の道路にねころがり
電気屋の庇でトランポリン
校長先生の庭で松の木に駆け上り
肉屋の店先をそろそろと覗きこむ
かける、まわる、とまる、すわる

*

猫として可能なすべての動きをして
ひとりで遊んでいる、猫を遊んでいる
トムの心の中でトムはベンガル（森）の虎、パンタナル（大湿原）の豹
タンザニア（草原）のライオン、ソノラ（沙漠）の大山猫
そしてすべての瞬間にトムはトム
きみはきみを遊び、他の誰でもない
でもヒトは遊び方を知らないのだ
おれなんて本当に自分自身であったためしがない
トムは無から存在へと転身する
おれはけっして無になれずそれで存在もあやふやだ

黒猫もぐら

黒猫を飼っていたことがある
名前はもぐら
でもチェコの絵本とは関係ないよ

＊

猫の中にはもぐらが住んでいる
猫の中にはいたちが
かわうそが、はくびしんが
むじなが、ミーアキャットが
カピバラが、レッサーパンダが
ウォンバットが住んでいる
猫はすべての獣を住まわせ
誰よりも獰猛な巨獣となる
猫をみたすのは不定形の混沌
紙粘土で作られたあらゆる獣の原型
ほら、もぐらが目を覚まし伸びをした
もぐらのあざやかな黒はまるで虹だ
あらゆる色を溶かした明るい闇の色

シャルル猫（ボードレールのLe Chatから出発して）

ボードレールが生まれて二百年
彼が生まれたのは一八二一年四月九日
それでその日は花祭りに一日おくれて
砂糖黍の茶色い砂糖を入れたマテ茶を飲みながら
『邪悪の花々』を読んだ
おりしもベランダにやってきた
茶虎色のどこかの猫にむかって
「猫」をその場で訳して聞かせたんだ
その猫の名前は知らないが
近所のどこかで飼われているにちがいない

人なつこく
物に動じない
いい猫だ
「おいで、かわいい猫よ、愛するぼくの心臓の上に」
ぼくに愛はあまりないが
受け入れることも愛の一形態だとしよう
胸に乗られたら重いな
「足のつめは引っ込めて
金属と瑪瑙が混ざった
おまえのきれいな目にぼくを跳びこませてくれ」
突然シャルルらしくなるのは
メタリックな輝きと瑪瑙を目に見るせいか
二つの名詞をもって猫の目を形容しなさい
古墨と琥珀ではどうだろう
「ぼくの指が気ままに

おまえの頭としなやかな胴を撫でるとき
おまえのびりびりする体にふれて
ぼくの手がよろこびに酔うとき」
猫の体が電気的なのは自明
経験的にいってもそうだ
ここでは élastique と électrique が作る
呼応にシャルルがいる
そのどちらにも elle（彼女）が
半ば姿を見せている
それで
「ぼくはぼくの女を心に描く。彼女のまなざしは
かわいい獣よ、おまえのそれとおなじく
深く、つめたく、短剣のように切る、裂く」
深く（profond）
つめたく（froid）

切る（coupe）
裂く（fend）
ああ、シャルルが全開だね
こうしてくりかえされるfの音は
呼気をともなわないかぎり意味をなさない
つまりfが生じるたび
存在は破れる
そんなfの反復を
あらかじめ断ち切っている（coupe）のも
シャルルの天才か
猫よ、わかるかい、このcoupe
にはcouすなわち首が潜んでいるよ
予告された斬首のように
「そして、爪先から頭まで
繊細な空気、危険な香りが

*

おまえの茶色い体のまわりを漂うんだ」
シャルルは猫に女と共通するものを見たが
そんな擬人法は一種の洒落にすぎない
じつは猫そのもののほうが
はるかに魅惑的だ
この場の空気を猫の
のびやかな体が切り抜いてゆく
猫にかぐわしい匂いはないが
精妙な動き、微細な振動が
まるで香りのように感じられるのはよくわかる
それは存在に特有な危険の香り
寝そべる茶虎の体にふれると
茶虎はごろごろとのどを鳴らして答える
春の日向であたたまって
猫はぐんにゃりとやわらかい

猫は人ではない
人を意に介さない
詩を読まない
詩を考えない
でも詩は猫の存在を
一面の存在風景から切り抜いて見せる
シャルルが呼びかけたあの猫は
ほぼ二世紀を超えて
寝そべるぼくの胸に乗ってくる

ウォンバット

きみの姿を見たことがあるけど
きみの生き方は知らない
森に住むのか草原に住むのか
虫を食うのか魚を食うのか
巣穴に眠るのか樹木に登るのか
一日のいつ目覚めるのか太陽を拝むのか
きみは熊とモグラと犬のすべてに似ていて
鼻歌でもうたいそうに気楽に見える
それなのに獰猛なんだってね
ゲリラ戦を闘う戦士のように

群れているところなど想像もつかない
傷を舐め合うなんて絵にもならない
ときには体を丸い毛玉にして
ぽんぽん弾んでみればいいのに
南の島大陸をそれで旅してごらんよ
まだ知らないともだち、きみはウォンバット

コヨーテとオサムシ

書かれたことのなかった話を知っていますか
書かれたことのなかった話を知らなければ
この世のことは何もわからない
だがその話はよく聞こえない

書かれたことのなかった話を
いま自分が初めて書くとすると
それはどんなに震えるような経験だろう
文字だってぶるぶる揺れる

*

その話は語られたことはあるのだ
語りはくりかえし続いてきたのだ
誰が最初に語ったのかはわからないし
そんなことは誰も気にしない

けれども文字にするとき?
書かれてしまえば話としてはいったんおしまい
線を刻んだり記したりした後で
文字が煮えるのを待たなくてはならない

文字が音をたてて騒ぎだし
弾けるようにそこから声が出てくるのを
息をひそめて待つ
ときには目を閉じて

話は声だが文字は沈黙
沈黙をまた熱して
ひゅーひゅーと叫ばせてみたい
そのための文字だ

そのために折角
鳥や亀に学んだのだから
蜜蜂のダンスや
ナマケモノの動きも習ったのだから

そこで早速はじめるなら——
たとえばコヨーテとオサムシの話です
ご先祖たちはやってきて
「まんなかの蟻塚」あたりに住みはじめた

この高原砂漠は太陽の土地
森なく日陰なく
ジリジリと地面が焼かれる
そこに蟻塚が立っている

話を聞かなければすぐにわからなくなる
いろいろなことがわからなくなったから
思いだす必要があった
よく聞くんだ、目を閉じて

いまの子供であるおまえたちだって
オサムシは見たことがあるだろう
今のオサムシだって
昔のオサムシとおなじものなのだ

それが不思議なところだ
不思議だと思わないおまえはバカだ
かれらは百万年前だってほとんどおなじだったのだ
それはどれほどえらいことか

かれらが人間よりえらいということが
わからない人間はバカだ
この世には変わることと
変わらないことがあるのだ

オサムシは乾いた地面をちょこちょこ走る
そうやって春と初夏をすごす
どんどん強くなる太陽のもとで
脚で空を蹴りつつ

地面に割れ目や穴があったら
どんどん潜っていく
知っているだろう、見ただろう
かれらは恐れを知らない

むかしの話をします
あの黒い塩の山にむかう道で
むかしのあるとき
オサムシが一匹

太陽を浴びながら走りまわっていた
日光を苦にしない強い生き物だ
何を求めているのやら
オサムシに必要なものを探しているんだね

そこにコヨーテがひょこひょこと
小走りにやってきた
それがやつらのやり方だ
身についた生き方だ

耳を立て鼻面を地面につけて
首をぐっと低くすると
オサムシにむかってちょちょいと前足を出した
そして「は！」というんだ

「おまえを齧ってやろうかな」
オサムシはただちに頭を地面につけて
とがめるように触角を一本ふりかざし
ありったけの大声でこういった

「待った、待った、ともだちよ！
ちょっと待ってくださいよ！
お慈悲ってことを知らないのかい！
あのね、この下からじつに妙な音が聞こえてくるよ！」

「へん！」というのがコヨーテの答え
「何が聞こえるんだ？」
「しっ！　しーっ！」と頭を地面につけたまま
オサムシはいった。「聞いてごらんよ」

そこでコヨーテは一歩下がり
じつに熱心に耳をすました
やがてオサムシは長い安心のため息をついて
身を起こした

「オクウェ！」とコヨーテがいった
知らない言葉なので
意味もわからないので
その通りに書いておく（それが文字の強み）

「いったい何だった？」
「よき魂よ、われらをお守りください」
とオサムシが頭を振りながらいった
「かれらがいってたのが聞こえたよ

この土地で道を汚した者は全員
狩りだし徹底的にこらしめてやるってさ
どうやらそのための
準備に大わらわらしいね」

＊

「わが祖先たちの魂よ！」とコヨーテが叫んだ
「まさに今朝方、道路をうろうろ歩いていてね
あちこちべんべんと汚しちまった
まずかったかな

おれはずらかろう！」
そういってコヨーテは全速力で逃げていった
オサムシはすっかりうれしくなって
宙返りをしようとしたところ

頭を砂につっこんでしまった
それからやっとの思いで
体を立て直したんだっけ
コヨーテに齧られなくて一安心

こんなふうにしてむかしのオサムシは
食われちまう身をみずから救ったのさ
運命を変えたんだね
地面の下の方たちの力を借りて

また、こうしてオサムシはあの妙な
癖を身につけたというわけだ
頭を砂につっこみながら
両脚で宙を蹴るってやつだね

もがいているみたいだが
そうでもない
あれはやつらの生存ダンスなのさ
手短にいえばそういうこと

このコヨーテとオサムシの話は
ズニの村に伝わる話を
フランク・カッシングが
聞き取って文字にした＊

ぼくはこの話を聞いたことがない
そもそもズニの言葉がわからない
英語に変換され文字に記された
何かをおぼろげに了解しただけ

理解は誤解
いろいろなものが紛れ込む
空耳、空目、空想、想像
話は変わる

＊

文字にしたって変わるのだ
それが話の強みです
なぜなら話は捉えようとしているからだ
まるごとの時間と空間を

三十年前のある夕方、ぼくはズニの土地に立ち
斜めからさす夏のオレンジ色の陽光の中
川沿いに燃える緑を目で吸いながら
、、、、、、
生き返っていた

そこにコヨーテがやってきた
あのひょうひょうとした足取りで
何かいいもの／ことはないかと
土地を探っていたんだね

コヨーテはぼくに気づき
そこにすわって大あくびをした
犬とまったく変わらないな
少しすると行ってしまった

でかすぎて齧るわけにもいかないし
何かくれそうにもないし
言葉も通じないと
あきらめたんだろう

それがズニの土地の思い出
話したことも書いたこともなかった
ただ文字という貝殻を
寄せ集めるようにして今これを記す

＊

手短にいうと
そういうこと

* “The Coyote and the Beetle” in Frank Hamilton Cushing. *Zuñi Folk Tales* (1901).

里芋、大根、大豆（２０２２年のために）

これはみんな伝え聞いた話です。

あるときあるところに
大変な知者という評判の僧侶がいて
彼の大好物は里芋の芋頭（いもがしら）だった
芋頭というのはね
種芋から最初に発芽して
そこに生じるいちばん大きな芋のことさ
彼はとにかくこれが大好き
大きな鉢にうづたかく盛り

膝下に置いてこれを食いながら
読書したんだって
(タロイモ読書?)
病気になったらきっぱりとこもり
一週間、二週間と静養する
治療としてはよい芋頭を選んで
それをたっぷり食う
それで万病を治した
彼は他人には芋頭をあげないんだ
ぜんぶ自分で食べるんだ
すこぶる貧乏な人だったので
師匠が心配して遺産をのこしてくれた
「銭二百貫と坊ひとつ」
坊というのは僧侶がひとりで暮らせる
質素なストゥディオ

ところが彼は、じょうしんは、
この坊を百貫で売ってしまった
これで手持ちのお金はかれこれ三万疋（一貫＝百疋）
このすべてを芋頭につぎこんだ
これだけのお金をすべて都に住む知人に預け
芋頭を十貫分ずつ取り寄せて
ふんだんに食べ
やがてさっぱり遣い果したそうだ
まあ、思い切りのいい坊さまだね
（タロイモをたっぷり食べて
ポリネシア人のような体格になったんだろうか
ポイはそのころの日本にはなかっただろう
いや日ごろ飽食してなければ
そんな体型にはならないか）
お金に頓着ない

＊

ただ芋頭を食いつくす
ことほどさように単刀直入
人々は感心した
この僧侶は「みめよく、力強く、大食にて
能書・学匠・辯舌、人にすぐれて」
この宗派の「法のともしび」とも思われていた
でも曲者でね

癖者といってもいいが
万事につけ「自由」な人なんだ
すなわち他人にはしたがわない
饗宴でも膳が全員のまえに揃うのを待たず
さっさとひとりで食って帰ってしまう
食事時も何もかまわず
腹が減れば夜中でも暁でも食う
眠いと思ったら昼間からごろり

どんな事件が勃発しても
他人のさしずには従わない
慌てない
目が覚めれば幾晩でも寝ない
何をしてることやら
（タロイモ食って、本読んで）
そういう人間だったけど
みんなに嫌われることもなく
なんでも許されたという
自由が認められていた
いい話だね
みんなこれからは里芋を食おう
小さなきぬかつぎではないよ
大きな芋頭をガンガンとね
それも修行か

*

少なくとも道だ。

またどこかにこんな人がいた
大根こそあらゆる病気に効く
薬だと信じてるんだって
それで毎朝二本ずつ焼いて食う
来る日も来る日も
何年も何年も
ただ大根を食う
体が大根で置き換わるくらいのものさ
彼が住んでいたのは「館」(たち)といって
まあ家というより小規模な砦
どんな役割を果たしていたのか
一種の前線基地か行政機関か
ある日、館から人が出払っているときに

＊

敵の急襲を受けた
むかしは野蛮だねえ
いつ戦闘があるかわかったものではなかった
男はたぶん「敵だぞ、迎え打て」
くらいのことはいったんだろうが
誰もいない
誰にも聞こえない
万事休す
館は包囲されてしまった
するとね、館の中から
突然見たこともない兵が二人出てきて
これが強いのなんの
何の恐れも見せずに勇猛に戦い
ついには敵をそっくり追い払った
むかしは野蛮だねえ

＊

でも話に聞いている分には
痛くも痒くもない
痛快といえば痛快
戦いが収まって
主人はいったわけさ
「きみたち日ごろここにいる顔ではないな
よく戦ってくれて助かった、ありがとう
ところできみたちは誰なんだ?」
「むかしからおなじみの
毎朝毎朝だんなが召し上がっている
土大根でございますよ」
そういってふと姿を消してしまった
どうだいこの話?
大根はいつも男に食われてるんだよ
ところがあまりに食われたために

男が大根の仲間になったとでも思ったのか
あるいはそこまで「大根は万病に効く」と信じた
男のその信にほだされたのか
男の危機にあたって大根が助っ人に来たんだ
けなげな話じゃないか
まるで忠犬物語だね
忠根だ
大根を食べるには1センチ5ミリほどの
厚みで輪切りにして
フライパンで弱火で両面を焼いて
火が通ったころに醤油をたらして
焦げ目をつけるといい
よい香りが立ち上る
焼くと甘味が凝縮されて
うまいしいかにも清浄な感じがする

＊

そんな大根を一日も欠かさず
十年くらい食べてごらんよ
身も心もきれいになって
何かが起きるかもしれないな
きみにも
助けに来てくれるかもしれないよ
きみを
きみが敵に囲まれ
命が進退きわまった
そのときに。

もうひとりは法華経をひたすら
読誦した上人さま
その功徳により「六根浄」をはたした
眼・耳・鼻・舌・身・意がきよらかになり

最大限の働きをするようになったのさ
見える見えるよ、見えないものが
聞こえる聞こえるよ、聞こえないものが
体は元気はつらつ
意欲はみなぎって
上人さまは旅に出た
ずいぶん歩いてから
閑散とした村の粗末な家に
宿ろうと入ってみると
ちょうど豆殻を燃料として
豆を煮るところだったらしい
豆というのは大豆のことだよ
するとね、上人さまの耳には
煮える大豆のこんな言葉が聞こえたんだ
「よく知っているおまえたちなのに

恨めしいよ
おれのことを煮て
辛い目に合わせるんだなあ」
これに対して、焚かれる豆殻の
パチパチと鳴る音はこんな言葉だったって
「そんなつもりじゃないんだよ
焼かれるのも耐え難いことだが
どうしようもないのさ
恨まないでおくれよ」
もとはといえば兄弟だ
そんな豆殻と豆の会話は切ないが
悪気はない
上人さまはその会話を聞いてしまったが
いかんともしがたい
彼が何を思ったかは知らない

*

あくまでも澄みきった心で
にこにこ笑っていたのかも
その日の食事は煮豆に塩をひとふり
おいしくいただいて
むしろに体を休めたあとは
また明日も旅をつづけるだけ。

いかがですか、みなさん
里芋と大根と大豆
われわれがずっと食べてきた
そんな植物のみなさんのことを
今年は考えましょう
考えつつ、思いつつ
いただきましょう
あなたの体は

心は
結局はそんな植物によって作られ
かれらの体にも心にも
かたくむすびついているのですから
まずはいつものやり方を変えて
この新春には餅を食さず
里芋ばかりたっぷりいただきますか
里芋を食って本を読み
里芋を食って人新世を論じ
里芋を食って病気を治す
心身を整える
そんな年もなかなか
いい年になるかもしれませんよ

（物語の出典は吉田兼好『徒然草』60段、68段、69段）

木について

1

きみは何歳なの？
木は答えない
親指と小指をひろげて
幹の太さをはかってみた
ちょうど九回分
それを計算するといくつの朝？
きみに住んだのは何羽のきつつき？

＊

2

森で耳をすますと
枝と枝が風でこすれるのが聞こえる
姿の見えない鳥が呼びかわすのが聞こえる
何だろう動物がかけるのも聞こえる
見つからないよう息をひそめているのも聞こえる
ここまで登ってきた人たちは息を切らしている
太陽がゆっくりと旅するのが聞こえる

3

人は木を求める
木は人を求めない
木が求めるのは土と水
太陽と（たぶん）月
にぎやかな小動物

＊

おだやかな風、そして
垂直を教えてくれる重力

4

裸子植物の時代が終わり
被子植物の世界になった
花と色彩が生まれ
動物は目が鍛えられた
種子も蜜も高エネルギー食
行動範囲がひろがって
地球はいよいよおもしろくなった

5

水が木を昇ってゆく
ごうごうと音を立てて

空へと落ちてゆく
さかさの滝なんだ
銀の魚が飛びはねて
行方に迷っている
飛び散った鱗が流星になる

6

木は伸びてゆく上に下に
空につきささる円錐の下に
にぎやかな根の国がある
枝は空の水をとらえ
根は土の水をとらえ
木とそっくりおなじかたちの
湖を彫刻する

7

木はけっしてひとりではない
一本の木と仲間たちは
地中で手をとりあっている
そして旅をする、長い年月をかけて
種子を飛ばし
落ち葉をつもらせ
かれらの森がまた一歩すすむ

8

木を見て森を見ない人がいる
木を見て木を見ない人もいる
大きな樹はひとつの島
そこに他の植物、苔、きのこが住む
昆虫、鳥、爬虫類、りすなんかも間借りする

*

生命の共和国
私に住むといいよと木がいう

9

枯れていると思った
雷に打たれたらしい
幹の中がまっくろに焦げて
うつろになっていた
ところが春になってその木に会いにゆくと
幹から直接芽が出ているのだ
やわらかい緑の光を放ち

10

嵐がやってきて
木々が踊り出す

大きな枝をしなわせ
風の呼びかけに答えて
今夜はかれらのパーティー
天然の音楽に乗って
私は怯えかつ魅惑される観客

11

この土地では木は育たない
種子はいくつも飛んでくる
芽ぶいて、枯れて
芽ぶいて、倒れて
でも植物はあきらめない
この百年で一本だけ育ったんだ
それがこの痩せた木です

12

冬枯れの木の枝に
七羽の鳥が止まって
空か未来を見ている
鳥たちはまるで果実
いまにも魂のように飛び立ち
別の土地をめざすのか
枯れ枝にかすかなたわみを残して

13

森に行ったらひとりになって
目をつぶり
深呼吸をして
それからあたりを見わたしてごらん
どこかに輪郭がうっすらと

*

オレンジ蛍光色で光っている木がある
きみに呼びかけているんだ

*

ウェゲナー

土地の物語にはどこでも始まりがあったはずだ
それはいつともわからない古来の言い伝えかもしれないし
歴史のあるときに生じた事件の報告だったかもしれない
物語には共有された物語と
まだ共有されない私的な物語がある
それらは循環し
姿を変えてゆく

でも始まりについて
こんな例を考えてごらん

アルフレート・ウェゲナーのことだ

一九一〇年は彼が三十歳になる年
この年のある日、大西洋を中心とする世界地図を見ていて
彼にはある途方もない考えがひらめいた
南米大陸の東の海岸線と
アフリカ大陸の西の海岸線は
なぜこんなに似ているんだ？
おいおい、ぴったり重なるじゃないか
これらの大陸はじつはもとひとつで
それに亀裂が入り、やがて分かれていったのではないか

いいかい、それまでに人類にどれだけの個体がいたか知らないが
そんなことを最初に考えたのは彼なんだ
彼ひとりがその歴史を見抜いたんだ

＊

現在われわれが知るような大陸になるまえ
北アメリカとユーラシア大陸はひとつのローラシア大陸
南アメリカとアフリカはひとつのゴンドワナ大陸だった
しかも両者はそのまえには
ひとつの巨大大陸パンゲアだった
それが彼の著書『大陸と海洋の起源』（一九一五年）の主張
ただ、どうして大陸が漂流をはじめたのかは
彼にもわからなかった

それでもこの物語の比較を絶したすごさは変わらないだろう
パンゲアが土地だった
それが始原の場所だった
人の始まりどころではない
世界の始原のそのはるかにまえだ
そのことは誰ひとり知らなかった

＊

そしてこの土地（パンゲア）の最初の物語を
ウェゲナーが語ったのだ

ぼくは彼の生涯について詳しいわけではない
でも彼の名を聞けばそれだけで
反射的にグリーンランドを思わずにはいられない
天文学者にして気象学者の彼は
気球に乗ってはるかな上空に滞在した
五回にわたってグリーンランドを探検したのち
五十歳の誕生日にそこで雪嵐に遭い遭難した
物語はそこまでつづく

彼の理論には何か心を奪うものがある
ヒトという種の進化史には
いくつか恐ろしいまでの頭のよさがきらめいた個体がいただろう

*

どんな瞬間にその洞察を得たのだろう
たとえば月光が太陽光の反射だということを
最初に見抜いたのは誰?
それはひとりだったのか、それとも
世界の各地で何人もの明察が個別に生じたのか

しかしそんな天才たちだって
ウェゲナーにはシャッポを脱ぐだろう
だってわれわれが立つこの terra firma(不動の大地)が
じつは舟のように漂流をつづけてきたというのだから
なんという物語
足元がゆらいで当然だ
ほら船酔いしてきた
われわれは
不確かだ

*

水惑星に
ただ浮かんでいる

*

小さな牛たち

動物という呼び方自体のことも考えておかなくてはならない
「動く物」とはあまりに即物的で
そこにはアニマをもつものがアニマルになる程度の
生気論すらないように思えた
すると誰かがこう思い出させてくれた
日本語の「もの」にはそもそも物質を超えた次元がある、と
また「物」という漢字を見るとおもしろい
つくりの「勿」（ぶつ）は刃が欠けて切れなくなった刃のことで
切り分けられない牛のことを「物」と呼んだのだ
また別の説では（「切り分けられない」ことがさらに進んだのか）

＊

物とは「さまざまな種類の牛たち」を意味するのだという
（個物の切り分けではなく種の切り分けか）

これはおもしろい、たちまち希望が湧いてきた
その当否はともかく物がさまざまな存在であり
その影にさまざまな牛たちが潜んでいると考えることには
何か非常におもしろみを感じる
愉快なイメージだ
あらゆる動物は小さな牛に動かされ
あらゆる植物も小さな小さな牛に動かされ
それで生きているとしたら？

それを言い出せばフランス語の chose（もの）だって
ずいぶんひろがりがある
物質的な物ばかりではない

ラテン語の causa に由来するとして causa は
理由、動機、動因、機会、条件、状況などの
すべてにまたがっている
ものに動かされ、ものに出会い
ものを見抜き、ものとともに生きる
そのすべての出来事と行動の陰に
さまざまな姿の小さな牛たちがいるとしたら？

蟻

憂鬱な労働者だと思ってはいけない
まるでひっそりとした魂なのだ
蟻は永世の旅人にして農夫
肺もなく耳もなく
歌わず
二つの胃をもって
貪欲に食欲を肯定する
泳ぐこともできる
手きびしい奴隷所有者だ
かつては恐竜のいる地面に生きた

＊

輪廻のえきすぱあとなるべし
自分の体重の二十倍のものを運ぶ
まるで犀の幽霊のように強力だ
ふるえる女王は物象のように発光して
幾百万の子をなす
彼女らの戦いはつねに命を賭している
空気がなくても二時間は生きる
血液をもたない
情欲もなく哀惜もない
涙もない
この世がいずれ自然崩壊するとして
その大海嘯を最初に感知するのは彼女ら
この世がいかにさびしい洞窟か
手のひらのようによく知っているのだ
私の肌をことこまかに彷徨して

シベリヤのように白い絶望を癒してくれる
絶望の逃走人としてわれわれは
蟻のごとく飢えたり
けれども蟻は意に介さない
雪だるまのような希望をもって
光る雲をひとつずつ征服していく
不滅の心臓よ
温和なぴるぐりむの群れよ

草原に行こうよ

1

草原に行くと
そのまんなかに塔が立っていて
近づくと不思議な円塔だった
いくつかの螺旋階段があり
人はそのいずれかを登ってゆく
上ってゆく高さは自分で決められる
どこまでも高いところをめざすなら
塔はその分いつのまにか高くなる
それで自分で決めた高さに達すると

長い滑り台をすべりはじめればいい
人々がつぎつぎにすべってゆく
ちょうど風車のようにすべる先は
いくつもの方角に分かれていて
人は高さに見合った距離を
ひとりですべることになる
きみの滑り台は20年つづく
きみの滑り台は40年つづく
きみの滑り台は60年つづく
きみの滑り台は北にむかう
きみの滑り台は南にむかう
Etc, etc.
そうかこんな仕組みになっていたのか
夜空をゆっくりと流れ星が落ちてゆき
まるで絵のようだ

＊

階段を登る人々の列に
ぼくも加わろうとするが
「あなたはもう滑りましたね
他の人にゆずりなさい」と
係員にたしなめられる
彼女はスポーツウェアを着ているが
どこか聖女のような雰囲気がある

2

うさぎと亀が競走をするというので
ぼくらは見物に行った
亀がいう、あんたは私には勝てないよ
あんたは自惚れが強すぎる
うさぎがいう、
まあ見ててごらん

*

たったの四跳びでゴールするから
亀が出発した
ぼくらは応援した
みんな亀が大好きなのだ
ゆっくりでもいい、ひとりで行け
あきらめなければ必ず
目的地にたどりつくことができる
うさぎはスタート地点で昼寝をはじめた
亀はどんどん歩いてゆく
すると草原の小川にやってきた
おいしい苜蓿が生えている
ミントの小さな花が咲いている
亀は葉っぱを齧り
ミントの匂いをかぎ
にっこりと笑って

＊

また黙々と歩いていった
勝利確実なゴールをめざして
でも亀は知らない
まるで楽園のようなその小川のほとりを
亀のために夢見てくれたのは
あの自惚れうさぎだったんだ

3

うさぎと亀が競走をするというので
ぼくらは見物に行った
うさぎは風のように走れるが
生意気だし乱暴者なので
みんなで亀を応援する
どんなにノロマでも
ものしずかでやさしい亀が

*

みんな大好きなのだ
競走を企画したのはワタリガラス
「私が空から見ているから
誰も不正はできない
勝ってもご褒美は出ないが
太陽と月が名誉をくれるよ」
亀は黙々と歩く
ぼくらは亀について歩く
まるで陽気なピクニックだ
やがて草原のまんなかに
ぽつんと立つ塔が見えてきた
あそこがゴール
いくらうさぎでももう追いつけるはずがない
それにぼくと猫は考えていたのだ
(万一うさぎが追いついてきたら

*

そっと草をむすんで邪魔をしてやろうよ）
一方、うさぎはまだ出発点にいて
地面に横になったまま青空を見上げている
それを見てワタリガラスが空から声をかけた
「そろそろ行かなくていいのか」
うさぎは黙っているが
よく見ると目が赤い
それからぽつんといった
「おれね、競走って、好きじゃないんだよ」

こころ

言葉はきみのものじゃない
木の葉や貝殻のように
そっと借りてきて並べてごらん
みごとな美しさ
そのかたちと色合いが
きみを自由にする

命はきみのものじゃない
地球の生命はひとつで
きみはその小さな小さなかけら

鮭もきつねも
椎の木も昆布も
私たちはみんなでひとつの命

心もそうさ
ひとり孤立した心なんかない
いま舞っている落葉、空をゆく雲
いま降ってきた雨、打ち寄せる波
すべてはきみの心だ
世界の広大でたしかな美しさ
きみはその小さなかけら

*

あとがき

新聞のために詩を書くのはいい経験だった。それも元旦のための詩を。どうせ書くなら「福島民報」の読者の誰にとっても、楽しく読めて、ちょっと気分が改まる、そんな詩が書けるなら。二〇一八年から五年間にわたってぼくは「福島県文学賞」詩部門の選者を務め、それに付随する仕事のひとつがこの新年のための作品なのだった。本書の冒頭の「一週間」、中ほどにある「犬と詩は」、巻末の「こころ」は、こうして生まれた。

選考委員の仕事のいいところは、まったく思いがけない声と内容をもつ、詩人と名乗らない人々の作品に、次々に出会うことだ。なんども目をひらかれ、胸をつかれた。毎年くりかえし現れたのは震災の経験。深い哀悼に、それでも或るとき、明るい陽光がさしこむ。詩はいつも記憶と忘却のあいだを行き来するが、詩を作ることばの色合いもそれにつれて変わるようだ。そして時が介入する。「言」と「日」はつねに新しく出会いつづける。

もともと東北はぼくには未知の土地だったが、震災後、なんども訪れることになった。いろいろな光景を見たが、口にできることばもなく、文字はかたちにならない。ほんとうに美しい土地が多い。ある春の日、石巻市の大川小学校跡地を訪ね、北上川を眺めた。頭の芯がしびれたような気分だった。この詩集に収めた詩の中では、その思い出が「千年川」につながっている。「Water Schools」は名取市の閖上小学校、大川小学校、そして奥多摩町の小河内小学校の印象から生まれた。いずれの小学校も、いまはない。

旧・小河内小学校は、二〇二一年春に古川日出男を中心に制作した朗読劇『コロナ時代の銀河』の無観客上演の舞台。それをリアルタイムで撮影した映像作品（監督・河合宏樹）が公開されているので、よろしければYouTubeで「コロナ時代の銀河」を検索して、ぜひごらんください。最後の最後で、そこがどんな水辺の場所だったかがよくわかる。

ここには主として『PARADISE TEMPLE』（Tombac、二〇二一年）以後に書いた雑多な詩を集めた。第九詩集。犬猫好きのみなさんには、とりわけ楽しんでいただけることを願っています。

二〇二三年四月九日、狛江

初出一覧

一週間（「福島民報」2022.1.1）
To the Open Ground（「Web 新小説」2021.3.1）
千年川（「水牛」2021.4）
Water Schools（「水牛」2021.10）
三島／長泉詩片（「Flower of Life 生命の花」展、ヴァンジ彫刻庭園美術館 2022）
東京詩片（「水牛」2021.8）
ブリキのカメラ（「陰と陽」vol.6 2022.4）
夜の道（「陰と陽」Vol. 7 2022.11）
外に出たフィルム（井上春生監督『眩暈 Vertigo』に寄せて 2023.1.27）
犬と詩は（「福島民報」2021.1.1）
犬の詩四つ（「水牛」2020.12）
犬ときつね（「コロナ時代の銀河」劇中詩 2021.3）
猫の詩３つ（『ネコ展』八戸 Saule Branche Shincho 2020.11）

＊

シャルル猫（「水牛」2021.5）
ウォンバット（未発表）
コヨーテとオサムシ（「水牛」2021.12）
里芋、大根、大豆（「水牛」2022.1）
木について（「水牛」2022.4）
ウェゲナー（「水牛」2022.8）
小さな牛たち（「水牛」2022.9）
蟻（明治大学総合芸術系作品展「朔太郎と歩く」2022.12）
草原に行こうよ（「陰と陽」Vol. 8 2023.4）
こころ（「福島民報」2023.1.1）

＊

管 啓次郎

Keijiro Suga

一九五八年生まれ。詩人、批評家。明治大学理工学部教授。
詩集『Agend'Ars』『島の水、島の火』『海に降る雨』『時制論』『数と夕方』
『狂狗集 Mad Dog Riprap』(いずれも左右社)、
『犬探し/犬のパピルス』『PARADISE TEMPLE』(いずれもTombac)、
英文詩集に*Transit Blues* (University of Canberra) がある。
紀行文集『斜線の旅』(インスクリプト)により読売文学賞受賞(二〇一一年)。
エドゥアール・グリッサン『〈関係〉の詩学』
『第四世紀』(いずれもインスクリプト)をはじめ、翻訳書多数。
二〇二一年、多和田葉子、レイ・マゴサキらによる管啓次郎論を集めた研究書
Wild Lines and Poetic Travels (Doug Slaymaker ed., Lexington Books) が出版された。

一週間、その他の小さな旅

2023年6月16日　第1刷発行

著者……………管啓次郎
発行者…………後藤亨真
発行所…………コトニ社
〒274-0824　千葉県船橋市前原東5-45-1-518
TEL：090-7518-8826　FAX：043-330-4933
https://www.kotonisha.com

印刷・製本……………モリモト印刷
ブックデザイン…………宗利淳一

ISBN 978-4-910108-12-4